SALNED ET GARALDI,

NOUVELLE ORIENTALE.

Par feu M. de la Motte.

UN jeune Garçon de *Bafra* vit un jour entrer dans sa boutique une Dame bienfaite qui marchanda quelques étoffes. La voix & les discours de la Dame plûrent au Marchand ; & il engagea la conversation avec elle, d'autant plus aisément que lui-même plaisoit aussi à la Dame. Elle leva un peu son voile, sous prétexte de chaleur, mais en effet, pour laisser entrevoir sa beauté, qui acheva d'enflamer le Marchand. Il s'y prit si bien, qu'il s'informa sans impolitesse de l'état de la Dame. Il apprit qu'elle étoit fille d'un Bourgois de la Ville, d'une fortune assez médiocre ; & comme la sienne étoit considérable, il s'enhardit à déclarer son amour, qui s'accrut encore par son espérance.

Il se tiendroit le plus heureux de tous les hommes, dit-il à la Dame, si elle agréoit qu'il la demandât à son pere, & il se jetta à ses genoux pour obtenir son

agrément. Elle leva alors tout son voile,
& lui laissa voir le plus beau visage du
monde, embelli encore par la pudeur
qu'y venoient d'exciter le discours & la
proposition du Marchand. Il n'est pas juste,
dit-elle, que vous vous engagiez plus
avant dans un dessein si important, pour
une personne que vous ne connoîtriez pas
tout à fait. Regardez-moi ; voyez de quel-
le compagne vous voulez vous charger ;
& si ma vûe ne vous donne pas de nouveaux conseils, je vous avouë que le succès de votre recherche m'intéresseroit autant que vous. Le Marchand fut transporté
de joye, & lui témoigna la plus vive impa-
tience de réussir. Ils se séparèrent avec ces
sentimens ; & le Marchand ne perdant
pas de tems à conclure cette affaire, il la
consomma en peu de jours. Le pere de
Salned (c'étoit le nom de la Dame), fut
ravi d'établir si avantageusement sa fille ;
& les nôces se firent dès que tout fut prêt
pour les célébrer. Dans les mouvemens de
la fête, Salned fit une légere chûte ; mais
la joye ne fut interrompuë que par la premiere frayeur qui se dissipa dans le moment. Les Epoux étant enfin demeurés
seuls, & s'étant couchés, *Asem* (c'étoit
le nom du mari) fit à sa femme de nouvel-
les protestations d'un amour éternel, &

d'un ton plus paſſionné qu'il n'avoit fait encore. A peine pouvoit-il concevoir le bonheur dont il jouiſſoit, & il ne demandoit d'autre grace au Ciel, que de le lui faire goûter long-tems auſſi pur & auſſi tranquile. *Salned* répondit à ſes tranſports par les ſentimens les plus tendres. C'eſt vous, dit-elle, qui m'avez fait connoître l'amour. Juſqu'au moment de votre vûë, j'avois regardé les hommes avec mépris, & je m'étois bien propoſé de ne leur jamais engager ma liberté. Vous m'avez donné un nouveau cœur, & je ſuis plus ravie d'être votre eſclave, que ſi l'on me donnoit l'Empire du monde. Sa voix s'altera en prononçant ces mots. Elle ſentit des douleurs violentes. *Aſem* appella ſes domeſtiques; & les douleurs de *Salned* croiſſant toujours, elle accoucha enfin d'un enfant dont ſa chûte avoit avancé le terme. *Aſem* demeura quelque tems immobile, & muet d'étonnement & de douleur. *Salned* s'évanouit; on la fit revenir, & Aſem reprit enfin la parole. Ah! perfide, s'écria-t-il; quel ſpectacle venez-vous de me donner? Et quel diſcours me teniez-vous dans le moment! vous êtes trop indigne des ſentimens que vous m'aviez inſpirés; ils ſe changent en haine & en mépris, & je mets déſormais mon bonheur

156.

à ne vous plus voir. *Salned* fondoit en larmes, & à peine pût-elle prononcer ce
peu de paroles, entrecoupées cent fois par
ses gémissemens.... Mon cher époux ! si
j'ose encore vous donner ce nom, vos
reproches sont raisonnables, mais je ne
les ai pas mérités. Me voilà mere ; & je ne
sçais comment cela s'est fait. Si je vous en
en impose, puissiez vous me hair toûjours.
Vangez-vous d'une épouse innocente qui
doit vous paroître coupable. Je mourrai
contente, puisque je ne sçaurois me plain-
dre, ni de vous, ni de moi ... Perfide !
répondit *Asem*, n'esperez pas m'abuser
par ce faux air d'innocence. Il est impossi-
ble d'imaginer rien qui vous justifie Je
devrois laver mon affront dans votre sang ;
mais je veux vous laisser vivre : peut-être
en me vangeant moins, vous punis-je
mieux. Je vous répudie ; séparons-nous
pour jamais. Ah cruelle, pourquoi êtes-
vous venuë empoisonner ma vie ?...O
ciel ! s'écria *Salned*, fais-tu donc un prodige pour me rendre malheureuse ? *Asem* ré-
pudia donc *Salned* ; & la renvoya chez
son pere qui la désavoua pour sa fille, la
chassa comme une infâme, & lui deffendit
de paroître jamais à ses yeux. *Salned* sortit
à l'instant de la Ville, & marcha long-
tems, sans sçavoir où elle alloit, ni ce
qu'elle

qu'elle faifoit. Toute occupée de fon malheur, elle n'avoit ni deffein ni crainte :
enfin la laffitude l'arrêta, & à l'entrée de
la nuit, elle fut obligée de fe repofer au
coin d'un bois, où elle fentit encore plus
amérement la funefte fituation où elle étoit
réduite. Quelques momens après, elle et-
tendit à quelques pas d'elle, des foupirs
& des plaintes. Comme elle n'étoit pas en
état de rien craindre, elle eut le courage
d'aller vers la voix qu'elle entendoit. Elle
entrevit enfin une femme mourante qui
perdoit tout fon fang ; elle s'approche, &
lui demande par quel malheur elle fe trou-
ve en ce lieu & en cet état .... Je meurs,
lui répondit *Garaldi* (c'eft ainfi que fe
nommoit la Dame mourante) je meurs de
la main du feul homme que j'aye aimé, &
je l'aime encore. La cruauté qu'il a exercée
fur moi, eft jufte, quoique je fois innon-
cente. Ces mots excitérent de nouveau
toute la douleur de *Salned*, elle verfa un
torrent de larmes, tandis que Garaldi
s'affoibliffant, perdit toute connoiffance.
Salned déchira fes voiles pour arrêter le
fang de la malheureufe *Garaldi* ; & comme elle tournoit fes yeux de tous côtés
pour chercher du fecours, elle apperçut
près de là une petite lumiere ; elle y traî-
na, le mieux qu'elle put, l'infortunée,

C

qui au difcours qu'elle lui avoit tenu , lui
paroiſſoit une autre elle même. Elles arri-
verent enfin à la hute d'un *Santon* qu'elles
aperçurent tellement plongé dans la médi-
tation , qu'il n'avoit entendu aucun bruit,
& qu'il ne s'en détourna pas même quànd
elles entrerent. *Salned* l'appella , il revint
enfin à lui , & *Salned* lui demanda du
fecours pour la Dame évanouie qu'elle tenoit dans fes bras. Le *Santon* faifit certe
occaſion de charité comme une récompen-
fe de fa priére. Il fit revenir la Dame avec
quelques effences, viſita fes bleffures, qu'il
ne trouva pas dangéreufes, & il y appliqua
un beaume merveilleux qu'il faifoit lui-
même , & dont il fecouroit les fidéles. Il
fit enfuite un lit de nattes pour les Dames,
leur apporta des dattes & quelques autres
fruits, en leur faifant excufes de fa pau-
vreté , & pour les laiffer libres, il fe re-
tira hors de la cabanne, en leur difant
qu'il n'étoit pas loin d'elles & qu'elles n'a-
voient qu'à l'appeller dans le befoin. Les
Dames furent extrémement fenfibles à la
charité & aux égards du Santon. Après un
léger repas, elle fe repoférent; & le Santon revenant le lendemain , trouva la
Dame prefque guerie. Il s'informa alors
du fujet de leur difgrace. Salned lui racon-
ta la premiere fon avanture , dont le *San-*

ton parut fort furpris, avec la difcrétion ce-
pendant de ne laiffer paroître aucun doute de l'innocence de Salned .... Mon
avanture n'eft pas moins extraordinaire ,
dit alors *Garaldi* ; & j'aurois tort de ne
pas croire Salned innocente , puifque
j'ai le malheur de paroître auffi coupable ,
fans avoir rien à me reprocher. L'homme
qui me poignarda hier dans ce bois , eft
un Seigneur de la Ville de *Bafra* qui me
recüeilit chez lui, il y a dix années. Je ve-
nois de perde mes parens qui me laiffoient
dans la derniere mifere ; je n'avois encore
que fix ans, & perfonne ne s'offroit à me
fecourir. *Carim* , ce Seigneur dont je par-
le , paffa par l'endroit où j'étois ; il s'attendrit fur mon état , fut touché de ma
beauté naiffante , & ne put fouffrir qu'on
m'abandonnât à la charité incertaine du
Public , & dans la fuite aux confeils de la
mifere. Il m'emmena chez lui , m'y fit
élever comme fa fille , prit un foin parti-
culier de mon éducation , & fut charmé
du fruit que j'en tirai. Ma beauté , mon
efprit fe perfectionnôient tous les jours.
Carim s'attachoit tous les jours davantage
à moi , & ma reconnoiffance croiffoit avec
fon amour ; il m'appelloit fa fille , je l'appellois mon pere : mais à peine eus-je dix
ans , que fa tendreffe prit un autre air &

C ij

un autre ton ; il m'appelloit toujours fa chere *Garaldi*, & fans qu'il me le dît, je l'appellois mon cher *Carim*. Nous nous trouvâmes amans fans y avoir pris garde. Ses fentimens croiffant toujours, il me déclara le deffein de m'époufer ; & je lui parus plus touchée du plaifir qu'il me faifoit, que de l'honneur où il vouloit m'élever. Il y a fix mois que nous nous mariâmes ; nous étions charmés d'être l'un à l'autre : mais malheureufement je plûs autant à un jeune Seigneur du voifinage, que je plaifois à *Carim*. Ce jeune homme nommé *Zenodor*, défefperant de m'amener à fes fentimens, prit le parti de la rufe & de la violence. Il gagna par fes préfens quelques-uns de mes domeftiques ; & une nuit qu'il fçavoit que *Carim* ne reviendroit pas chez lui, il fe fit introduire dans ma chambre, dès qu'il me crut endormie ; & ayant mis fa robe & fon poignard fur une chaife auprès du lit, il s'y coucha. Je me réveillai, épouvantée de fentir quelqu'un près de moi. Il tâcha de me calmer par les difcours les plus tendres & les plus paffionnés ; mais ne pouvant diminuer l'horreur que j'avois de fon action, il voulut ufer de violence. Je me jettai fur fon poignard, que je découvris à la lueur d'une lampe qui étoit dans ma chambre, & j'allois l'en frapper, quand ſes cris attirerent des gens qu'il avoit amenés avec lui en cas de péril. On m'arracha le poignard, & le jeune homme me dit alors : vous voyez, Madame, que je ſuis encore le maître de votre honneur & de votre vie; mais votre courage & votre vertu m'ont donné tout à coup d'autres ſentimens. Loin de ſuivre le deſſein violent que mon amour m'inſpiroit, me voilà à vos genoux pour vous en demander pardon. Oubliez mon crime, ne voyez que mon repentir, & promettez-moi pour prix de mes derniers ſentimens, de ne point révéler ma violence. Je lui jurai par le Prophete de lui garder le ſecret; & il me parut ſi pénétré de douleur, que je ne me repentis pas de l'égard que je lui accordois. Le lendemain, étant couchée avec *Carim*, & rêvant dans mon ſommeil à l'avanture de la nuit précédente, j'éprouvois, ſans me réveiller, les mêmes mouvemens que j'avois éprouvés la veille : je m'agitois en dormant, comme ſi ce jeune homme m'eût fait encore violence. Je me jettai ſur le poignard de mon mari qui étoit à la même place, où, la veille, *Zenodor* avoit mis le ſien, & j'allois en frapper *Carim*; mais heureuſement pour lui & pour moi-même, puiſqu'il vit encore, il ſe réveilla au bruit que je faiſois, en

462.

ni agitant & se saisissant du poignard : Ah !
malheureuse, me dit-il, est-ce là la ré-
compense de tout ce que j'ai fait pour toi ;
mon innocence fit l'effet du crime, & je
demeurai muette d'étonnement ; quand je
pûs lui dire que je dormois, & que mon
action étoit l'effet d'un rêve. Ah ! cruelle,
me répondit-il, que n'est-il vrai, ou du
moins, que ne puis-je le croire ? La crainte de ne pouvoir le désabuser, l'embarras
de ne pouvoir lui révéler l'avanture de la
nuit précédente, tout cela ne me permit
de parler qu'avec un trouble plus propre
à confirmer le soupçon, qu'à le dissiper.
Carim de son côté me faisoit mille reproches entrecoupés de soupirs & de pleurs,
je le pressai cent fois de me plonger le
poignard dans le sein, s'il refusoit de me
croire ; & il parut enfin reprendre quelque
confiance en moi, mais lorsqu'il se leva,
comme il me l'a dit, en me frappant dans
ce bois, il trouva une ceinture d'homme
que *Zenodor* avoit oubliée, & qui ne lui
laissa plus douter que je ne fusse infidelle.
Il résolut de se venger, & pour y réussir,
il feignit de me croire, il reçut mes cares-
ses, & se fit la violence d'y répondre d'une
maniere qui me le fit juger sans soupçon.
Hier, nous vînmes nous promener dans
ce bois, & lorsque j'y pensois le moins,

je le vis tirer ſon poignard & la ceinture
qu'il avoit trouvée dans la chambre : tiens,
perfide, me dit-il, vois la preuve de ton
crime & reçois-en le prix. Il me frappa
d'une main tremblante, & s'éloigna,
en me laiſſant encore entendre ſes ſou-
pirs.

Le *Santon* fort étonné de la ſingularité
de ces avantures, s'attendrit ſur le ſort
des Dames ; il les exhorta à ſoutenir cette
épreuve avec réſignation & à ne pas mé-
riter par leurs murmures, les diſgraces
qu'elles n'avoient pas méritées par leurs dé-
ſordres. Repoſez vous, dit-il, ſur la Pro-
vidence, du ſoin de votre juſtification,
elle s'en charge pourvû que vous vous
en rendiez dignes par la patience. Trois
ou quatre jours après, dès que les bleſſures
de *Garaldi* furent guéries, le Santon leur
tint ce diſcours . . . . . » Mes belles Dames,
» je vous ai ſecourues, tant que vous avez
» eu beſoin de moi, & je n'ai point craint
» le danger de vos charmes, tant que la
» charité m'a obligé de m'y expoſer. Je ne
» ſerois à préſent qu'un téméraire, ſi j'o-
» ſois vous voir davantage. Je me ſuis
» retiré du monde pour en éviter les ten-
» tations, & pour vacquer ſans trouble à
» la priere. Vous me devez le ſecours que
» je vous ai prêté, & me rendre ma chere

C iiij

» folitude. Voilà cent fequins que je tiens
» de la charité des fidéles ; je n'en fçau-
» rois faire un meilleur ufage que d'en
» foulager votre mifére. Partez, confervez
» avec foin la vertu qui fait encore votre
» confolation, & comptez que je ne vous
» perdrai point de vûë dans mes prieres.
Les Dames ne pûrent fe défendre de la gé-
néroſité du *Santon*, & elles s'en féparérent
avec tous les témoignages d'une profonde
reconnoiſſance. Elles prirent une route
qui les éloignoit toujours de *Baſra*, &
raiſonnant en chemin fur ce qu'elles
avoient à faire, *Salned* imagina qu'à la
premiere Ville où elles arriveroient, il
falloit acheter des habits d'hommes, faire
encore quelqu'argent des leurs, & que
fous ce déguifement, elles n'auroient point
à craindre les aventures que pourroient
leur attirer leur jeuneſſe & leur beauté.
Garaldi trouva la propoſition raiſonnable,
& elle fut exécutée à la premiere Ville
qu'elles rencontrerent, c'étoit un Port de
Mer. Les nouveaux hommes réfolurent de
s'embarquer fur un Vaiſſeau Marchand
qui étoit prêt à partir ; ils acheterent quelques Marchandifes pour en faire commer-
ce comme les autres. Le Vaiſſeau où ils
s'embarquerent voguoit heureufement,
quand il fut tout à coup attaqué par un

Corſaire , auquel on fut obligé de ſe rendre. Tout ce qui étoit ſur le Vaiſſeau con-
quis , fut eſclave , & ce que le Corſaire
eſtima le plus de ſa conquête , fut les deux
jeunes hommes qu'il s'attendoit à vendre
un bon prix. Le Corſaire alla vendre ſes
eſclaves en differens endroits ; après bien
des tournées , il amena les deux beaux eſclaves qui lui reſtoient , à *Baſra* où il eſ-
pera d'en trouver plus qu'on ne lui en
avoit offert ailleurs. *Zenodor* qui avoit
beſoin d'eſclaves s'adreſſa à lui. Il fut
étonné de la reſſemblance qu'il trouva entre un des eſclaves & *Garaldi*. Il ne balança
pas à en donner ce que le Corſaire vouloit,
mais *Coldin* (c'étoit le nom qu'avoit pris
Garaldi) pria *Zenodor* de vouloir bien ne
le pas ſéparer de ſon camarade ; *Zenodor*
fut encore plus étonné d'entendre la voix
de la belle perſonne qu'il avoit aimée , &
comme s'il eût pris l'eſclave pour elle même , il lui obéit. Il acheta donc les deux
eſclaves , & les emmena chez lui. *Zenodor*
les traitoit avec tous les égards d'un bon
maître , & ils le ſervoient avec affection.
Garaldi marchant tous les jours par la Ville , rencontroit ſouvent *Carim* , elle s'arrê-
toit alors à le conſidérer : *Carim* y prit
garde un jour , & s'étant pluſieurs fois
apperçu de l'attention que l'eſclave avoit

pour lui, & ſes traits lui rappellant ſa femme qu'il croioit avoir poignardée, il s'informa de l'eſclave où il demeuroit. *Carim* & *Zenodor*, chacun de ſon côté, étoient continuellement occupés de la reſſemblance de l'eſclave avec *Garaldi*, & ne ſongeoient qu'aux moyens d'éclarcir cette énigme. *Carim* obſerva un jour l'eſclave qui ſortoit de chez *Zenodor*, & lui demanda s'il reviendroit bientôt ; l'eſclave lui dit qu'il ne tarderoit gueres ; j'aurois quelque choſe à vous dire, lui dit *Carim* : attendez-moi, lui dit l'eſclave, je ſuis à vous dans un moment. *Coldin* alla à ſon affaire, & *Carim* entra dans la maiſon de *Zenodor*, & demanda la chambre de *Coldin* pour l'y aller attendre : il n'y fut pas long-tems, qu'il entendit *Coldin* qui y montoit avec *Zenodor* ; il ſe cacha derriere un rideau, & fut témoin de ce qui ſe paſſa dans le moment entre *Zenodor* & *Coldin*. Mon cher *Coldin*, lui dit ſon Maître, ne me déguiſe rien & reconnois les bontés que je te témoigne par un ſincere aveu de la vérité. Tu reſſembles ſi parfaitement à une femme que j'ai aimée, qu'à peine puis-je douter que ce ne ſoit toi-même. Seigneur, lui dit *Coldin*, je ne vous déguiſerai rien, mais ayez auparavant la complaiſance de m'avoüer auſſi quelque choſe ; comment

avez-vous perdu cette femme dont je vous
rappelle le souvenir ? *Zenodor* lui conta
naïvement ce qui lui étoit arrivé avec *Ga-*
raldi , & ajouta que quelques jours après
le péril qu'il avoit couru avec elle , elle
avoit disparu, qu'il ne pouvoit douter
que son mari ne s'en fût défait , qu'appa-
remment les domestiques de *Carim* qu'il
avoit gagnés, avoient trahi leur Maîtresse,
& que *Carim* l'avoit punie comme une infidelle. Seigneur , lui dit *Coldin* , aimez-
vous encore cette femme ? Oui, lui répondit *Zenodor* , si c'est l'aimer , que de con-
server pour sa vertu l'admiration la plus
vive & la plus respectueuse. Je n'ai pas
cessé , depuis ma malheureuse audace, de
pleurer mon crime & les suites funestes
que je crois qu'il a eues pour l'innocente
Garaldi. Coldin versa un torrent de larmes , lui avoüa qu'elle étoit cette infortunée *Garaldi* , & lui aprit comment elle
avoit perdu l'amour de son Epoux qui
croyoit lui avoir ôté la vie , & qu'elle
aimoit toujours avec la même ardeur ,
d'autant plus qu'elle ne pouvoit l'accu-
ser d'aucune injustice ; qu'elle ne dou-
toit pas même qu'il n'eût souffert autant
qu'elle , en rappellant toute sa conduite qui du moins devoit lui avoir laissé
quelque doute de son inocence , ses lar-

mes redoublerent encore ; *Zenodor* ne put
retenir les fiennes , & *Carim* fortant tout
à coup de derriere le rideau , vint fe jet-
ter aux pieds de fa femme à qui il ne put
s'expliquer long-tems que par fes fanglots
& par fes foupirs. *Zenodor* eut quelque
confufion de trouver dans *Carim* le témoin
de fon crime , mais le repentir fincére qu'il
venoit d'en marquer , fans l'avoir vû , lui
obtint aifément fon pardon de *Carim* , qui
emmena fa femme chez lui avec qui il
paffa la vie la plus heureufe.

Zunimam (c'eft le nom d'homme
qu'avoit pris *Salned*) fut ravi du bonheur
de *Garaldi* , fa compagne d'infortune , &
il s'en fit , malgré toute apparence , un
préfage heureux pour lui-même. Il con-
tinua de fervir *Zenodor* avec fon exactitu-
de & fon attachement ordinaire , mais toujours occupé de la fatalité de fon fort ,
il alla un jour au lieu où s'affembloient
quelques Médecins de la Ville , & leur
propofa une queftion toute nouvelle , s'il
étoit poffible qu'une fille accouchât fans
avoir vû d'homme ; la queftion fit rire
d'abord la grave affemblée des Docteurs ,
mais Zunimam les fupplia d'y faire plus
d'attention ; il leur dit qu'il avoit une
fœur qui proteftoit que cela lui étoit arrivé , & que fa vie dépendoit de l'éclair-

ciffement du prodige. Quelqu'un de ces Docteurs ramena les autres au férieux. On raifonna, on difcuta l'affaire, & à force de raifonner, il fe trouva là-deffus des partifans du prodige. L'efprit humain , qui ne fuffit pas le plus fouvent à trouver les raifons de ce qui eft , eft quelquefois affez fubtilement ignorant pour trouver les raifons de ce qui n'eft pas. La difpute des Medecins fe répandit dans la Ville ; ce fut l'entretien courant, & chacun prenoit parti pour ou contre , la plûpart des hommes tenoit pour l'impoffible , & la plûpart des femmes pour le contraire. Pendant que cette converfation étoit de mode , une femme de la Ville qui régaloit deux de fes amis , mit la queftion fur le tapis. Les deux amies ne firent que rire & plaifanter fur la queftion , mais celles qui les régaloit , leur dit , je fçai une fille qui jureroit bien qu'elle eft dans le cas qu'on croit impoffible , & comment cela , lui dirent les deux commeres ? Je vous le dirois bien , leur répondit *Mandrice* , fi vous vouliez être difcretes (c'eft ainfi que s'appelloit la femme qui régaloit.) Nous prenez-vous pour des babillardes , s'écrierent à la fois les deux commeres , je mourrois plutôt que de donner lieu de foupçonner feulement ce qu'on m'auroit confié. Eh bien, leur

répondit *Mandrice* , je vous avouerai
franchement que j'ai eu quelques galante-
ries , nous n'avons rien à nous reprocher là
deſſus. J'eus un enfant avant que d'être
mariée , cela fit quelque ſcandale ; mon
frere & ſa fille le ſçûrent , & je m'aperçus
que ma niéce en conçut du mépris pour
moi. Je réſolus de m'en venger , mais je
diſſimulai pour en mieux trouver l'occaſion.
Je regagnai, le mieux que je pus, l'amitié &
la confiance de mon frere , en affectant
une conduite réſervée dont je me dédoma-
geois en ſecret. Un jour je priai mon frere
de m'envoyer ſa fille qu'il me permit de
ne lui renvoyer que le lendemain. Quand
j'eus ma niéce , j'écrivis à mon amant de
venir à minuit dans ma chambre dont je
laiſſerois la porte ouverte , & où je ſerois
couchée avec une amie qui ſeroit du côté
de la ruelle ; qu'il n'y auroit point de lumiere dans la chambre ; qu'il s'y gliſſât
ſans bruit & qu'il ſe couchât près de moi ,
en obſervant le ſilence que je garderois
auſſi ; que j'étois ſi impatiente de lui donner
des témoignages de mon amour , que malgré toutes ces circonſtances qui diminu-
roient peut-être l'agrément de notre ren-
dez-vous , j'aimois mieux le lui donner ,
tout imparfait qu'il le trouveroit , que de
le differer plus long-tems. Je ſoupai enſui-

te avec ma niéce, & je mêlai dans son
breuvage un somnifere qui devoit l'en-
dormir profondément. Nous nous couchâ-
mes ; je me mis du côté de la ruelle, &
mon amant devoit prendre ma niéce pour
moi. Il vint en effet à l'heure que je lui
avoit marquée, & le fruit de son erreur
fut la grosseffe de ma niéce. C'étoit préci-
sément le succès que j'en attendois, & je
n'avois menagé tout cela, que pour me
venger du mépris de la petite prude, en la
mettant, malgré elle, dans le cas qu'elle
avoit à me reprocher. Elle s'en retourna
chez son pere qui la maria cinq mois après.
La premiere nuit de ses nôces, elle accoucha d'un petit garçon dont quelque chûte
avoit avancé le terme, sans qu'elle eût eu la
moindre idée de l'évenement qui la mena-
çoit ; les commeres rirent de l'aventure, en
désaprouvant pourtant un peu la mali-
ce qu'elles trouvoient avoir été pouffée
trop loin. Le lendemain, chacune des
deux commeres dit ce secret à l'oreille de
plus de vingt amies, qui ne se piquerent
que de la même discrétion. L'histoire se
répandit dans *Bafra*, & parvint jusqu'à
Zunimam qui remontant à la source, dé-
couvrit qu'elle venoit de sa tante, & que
le Marchand même qui l'avoit époufée &
répudiée, avoit été l'amant de *Mandrice*.

Il alla trouver auſſi-tôt le *Cadis* qui voulut bien lui accorder une audiance parti-
culiere. *Zunimam* lui expoſa toute ſon
avanture & le fait qu'il venoit d'apprendre.
Le Cadis lui promit juſtice, & lui dit de ſe
trouver chez lui le lendemain à une certaine
heure; il manda pour la même heure le mari
de *Salned*, ſon pere, ſa tante & les deux co-
meres. Il fit cacher *Salned*, avant que les
autres arrivaſſent, & quand ils furent
arrivés, il interrogea *Mandrice* ſur l'hiſtoi-
re qui s'étoit répanduë; *Mandrice* nia d'a-
bord, mais ſes commeres lui ſoutenant
qu'elles la tenoient d'elle, elle ne put en
diſconvenir, & ſe réduiſit à dire que le mal
n'étoit pas ſi grand, puiſque l'homme qui
avoit abuſé de *Salned* dans ſon ſommeil,
étoit celui même qui l'avoit épouſée. Ah!
Seigneur, s'écria le Marchand, en ſe
le jettant aux pieds du Cadis, puniſſez
cette malheureuſe. J'ai répudié ma femme
qui étoit innocente; ſon pere l'a chaſſée
comme une infâme, elle s'eſt exilée
elle-même & peut-être ne vit-elle plus?
Le pere demandoit auſſi juſtice de ſa perfide ſœur, mais *Zunimam* parut alors:
Seigneur, dit-elle au Cadis, contentez-
vous du bonheur de *Salned*, & daignez
accorder la grace de ma tante à mes inſtan-
ces & à mes pleurs! ſi elle a encore le

cœur auſſi mauvais , elle ne ſera que trop
punie de me voir heureuſe. Le mari & le
pere de *Salned* ne purent retenir leur joye ,
ils l'embraſſerent mille fois , en préſence
du Cadis qui fit conduire *Salned* chez ſon
Epoux , où regna depuis une félicité qui
ne fut plus interrompuë. *Salned* & *Garaldi*
n'oublierent point le *Santon* , & ne dou-
tant pas qu'un dénouëment auſſi favorable
ne fût l'effet de ſes prieres , elles lui en-
voyerent de grands preſens dont il ne voulut point , trop content , diſoit-il , de les
ſçavoir heureuſes & d'avoir à remercier le
Ciel de ſa fidélité à juſtifier l'innocence.